STEFAN ZWEIG

CARTA DE UNA DESCONOCIDA

ALMA CLÁSICOS ILUSTRADOS

STEFAN ZWEIG

CARTA DE UNA DESCONOCIDA

Traducción de Itziar Hernández Rodilla

Ilustrado por
Carmen Segovia

Título original: *Brief einer Unbekannten*

© de esta edición:
Editorial Alma
Anders Producciones S.L., 2023
www.editorialalma.com

 @almaeditorial

© de la traducción: Itziar Hernández Rodilla

© de las ilustraciones: Carmen Segovia

Diseño de la colección: lookatcia.com
Diseño de cubierta: lookatcia.com
Maquetación y revisión: LocTeam, S.L.

ISBN: 978-84-18933-55-4
Depósito legal: B-475-2023

Impreso en España
Printed in Spain

Este libro contiene papel de color natural de alta calidad que no amarillea (deterioro por oxidación) con
el paso del tiempo y proviene de bosques gestionados de manera sostenible.

CARTA DE UNA DESCONOCIDA

Cuando el conocido novelista R. regresó a Viena una mañana temprano, tras una vivificante excursión de tres días a las montañas, y compró el periódico en la estación, se dio cuenta, apenas pasó la vista por la fecha, de que ese día era su cumpleaños. Cumplía cuarenta y uno, recapituló fugazmente, aunque la constatación no le hizo ni bien ni mal. Ojeó por encima las crujientes páginas del periódico y alquiló un automóvil para ir a casa. El criado lo informó de dos visitas durante su ausencia, así como de varias llamadas de teléfono, y le entregó en una bandeja el correo amontonado. Miró perezosamente la correspondencia y abrió un par de sobres que le interesaron por el remitente; apartó, en un principio, a un lado una carta con caligrafía desconocida y que parecía voluminosa. Entretanto, le habían servido el té, se acomodó en el butacón, hojeó una vez más el periódico y otras publicaciones; luego, se encendió un puro y echó mano a la carta que había apartado.

Era una veintena de páginas escritas con arrebato, en una letra de mujer desconocida y nerviosa, un manuscrito más que una carta. Sin pensarlo mucho, palpó de nuevo el sobre por si dentro había quedado olvidado un escrito de presentación. Pero el sobre estaba vacío y ni este ni las hojas llevaban un remitente o una firma. Extraño, pensó, y tomó de nuevo el escrito. «A ti, que nunca me has conocido», se leía arriba como rótulo, como título. Se detuvo, sorprendido: ¿era para él o para una persona imaginaria? Eso le había despertado la curiosidad. Y comenzó a leer:

✒

«Ayer murió mi niño: llevo tres días y tres noches agonizando con la muerte de esta tierna y corta vida, cuarenta horas he estado sentada a la vera de su cama, mientras la gripe sacudía su pobre y febril cuerpo. Le he aplicado compresas frías en la frente ardiente, he sostenido sus manitas temblorosas día y noche. Al anochecer del tercer día me derrumbé. Mis ojos no podían más, se cerraron sin darme yo cuenta. Tres horas, cuatro tal vez, estuve dormida en el duro asiento y, durante ellas, la muerte se lo llevó. Ahora yace mi dulce pobre chiquillo, en su estrecha camita, igual que murió; solo le he cerrado los ojos, los ojos oscuros e inteligentes, le he entrelazado las manos sobre el blanco camisón, y cuatro velas arden altas en las cuatro esquinas de la cama. No me atrevo a mirar, no me atrevo a moverme, pues, cuando titilan, las velas hacen correr sombras sobre su rostro y la boca cerrada, y entonces es como si sus rasgos tomasen vida y me parece que no está muerto, que va a despertarse y decirme algo tierno e infantil con su clara voz. Pero lo sé, está muerto, y no quiero seguir mirando para no esperar de nuevo, para no decepcionarme de nuevo. Lo sé, lo sé, ayer murió mi niño: ahora solo te tengo a ti en el mundo, solo a ti, que no sabes nada de mí, que mientras tanto, sin sospechar nada, juegas o coqueteas con las cosas y las personas. Solo a ti, que nunca me has conocido y a quien siempre he amado.

He tomado la quinta vela y la he puesto aquí, sobre la mesa desde la que te escribo. Porque no soy capaz de estar sola con mi niño muerto sin llorar a más no poder, y a quién debería hablar en esta hora amarga si no a ti, que lo has sido y lo eres todo para mí. Puede que no sea capaz de hablarte con toda claridad, puede que no me entiendas: tengo la cabeza embotada, me palpitan terriblemente las sienes, me duele el cuerpo. Creo que tengo fiebre, sería fácil que fuese la gripe, que se cuela ahora de casa en casa, y eso estaría bien, pues entonces me iría con mi niño sin necesidad de hacerme ningún daño. A veces se me oscurece del todo la vista, puede que ni siquiera pueda terminar de escribir esta carta, pero quiero reunir todas mis fuerzas para hablarte una vez, solo esta vez, amor mío, a ti, que nunca me has conocido.

A ti solo quiero hablarte, a ti contártelo todo por primera vez: has de saber toda mi vida, que siempre ha sido la tuya y sobre la que tú nunca has sabido nada. Pero solo has de conocer mi secreto cuando haya muerto, cuando no puedas ya darme una respuesta, si lo que me hace temblar ahora el cuerpo en escalofríos es, de verdad, el final. Si llego a sobrevivir, haré pedazos esta carta y seguiré callando, como siempre he callado. Si la sostienes en tus manos, sin embargo, sabrás que una muerta te cuenta en ella su vida, su vida que fue la tuya cada hora que pasó despierta. No temas mis palabras: una muerta no quiere ya nada, no quiere amor ni compasión ni consuelo. Una sola cosa quiero de ti: que creas todo lo que te revele mi dolor. Créelo todo, solo eso te pido: una no miente cuando ha muerto su único hijo.

Te revelaré toda mi vida, esa vida que comenzó de verdad solo el día en que te conocí. Antes era solo algo turbio y poco claro, en lo que mi memoria nunca ha vuelto a sumergirse, algún sótano de cosas y personas polvorientas, llenas de telas de araña, enmohecidas, de las que mi corazón ya no sabe nada. Cuando llegaste tú, yo tenía trece años y vivía en el mismo edificio en el que tú vives ahora, en el mismo edificio en el que sostienes esta carta, mi último suspiro de vida; vivía en el mismo pasillo, justo en la puerta frente a la tuya. Seguro que tú ya no te acuerdas de nosotras, de la pobre viuda del magistrado del tribunal de cuentas (seguía yendo de luto) y de la adolescente flaca —éramos gente tranquila, como si nos hubiésemos hundido en nuestra pobreza pequeñoburguesa—, tal vez ni siquiera oyeses nunca nuestro nombre, pues no teníamos placa en la puerta y nadie nos visitaba, nadie preguntaba por nosotras. Hace también mucho tiempo: quince, dieciséis años; no, seguro que ya no lo recuerdas, amor mío, pero yo, ay, yo me acuerdo fervorosamente de cada detalle, aún recuerdo como si fuese hoy el día, hasta la hora en que oí hablar de ti por primera vez, te vi por primera vez, y cómo no iba a ser así si fue entonces cuando el mundo comenzó para mí. Resígnate, amor mío, porque te lo voy a contar todo, desde el principio; por favor, que no te canse leer sobre mí un cuarto de hora, pues yo no me he cansado de quererte en toda la vida.

Antes de que te mudases a nuestro edificio, vivía en tu puerta una gente espantosa, mala, amiga de disputas. Pobres como eran, lo que más odiaban era la pobreza vecina, la nuestra, porque no tenía nada en común con su grosería proletaria y desharrapada. El hombre era un beodo y pegaba a la mujer; a menudo nos despertábamos en medio de la noche con el ruido de sillas que caían y platos que se hacían añicos; una vez ella corrió, llena de sangre, con el pelo alborotado, hacia la escalera, y tras ella dando voces el borracho, hasta que la gente salió a las puertas y lo amenazaron con la policía. Mi madre había evitado desde el principio cualquier trato con ellos y me prohibió hablar con sus hijos, que por esa razón se vengaban de mí a la menor oportunidad. Si nos encontrábamos en la calle, me gritaban palabras inmundas, y una vez me tiraron bolas de nieve tan duras que me hicieron sangrar la frente. Todo el edificio odiaba con un instinto común a aquellas personas y, cuando de pronto sucedió algo —creo que encerraron al hombre por robo— y tuvieron que dejar la casa, todos respiramos aliviados. El anuncio de alquiler estuvo colgado un par de días en el portal, luego lo quitaron y, por el portero, se extendió rápidamente que un escritor, un señor soltero y tranquilo, había alquilado la vivienda. Entonces, oí por primera vez tu nombre.

Al cabo de solo un par de días vinieron pintores, limpiadores, empapeladores, a adecentar la casa tras los sucios ocupantes anteriores, martillearon, sacudieron, limpiaron y rascaron, pero madre estaba satisfecha porque, decía, por fin se habían ido aquellas alimañas. A ti en persona no te llegué aún a ver, ni siquiera durante el traslado: todos aquellos trabajos los vigilaba tu criado, ese lacayo pequeño, serio, de pelo canoso, que todo lo dirigía con una manera callada, práctica, y cierta altanería. Nos imponía mucho a todos, primero porque en nuestro edificio de arrabal un lacayo era algo nuevo por completo, y luego porque era terriblemente educado con todo el mundo sin por ello ponerse a la altura de los mozos ni entrar en conversación amigable con ellos. A mi madre la saludó desde el primer día con todo respeto como a una señora, e incluso conmigo, que era una niña de nada, fue siempre cariñoso y serio. Cuando decía tu nombre, lo hacía siempre con cierta veneración, con un respeto especial: se veía enseguida que te apreciaba muy por encima de la medida habitual en el servicio. Y cómo lo quería yo por eso al bueno de Johann, aunque lo envidiaba por poder estar siempre en torno a ti y servirte.

Te cuento todo esto, amor mío, todas estas cosas pequeñas, casi ridículas, para que entiendas cuánto poder, ya desde el principio, tuviste sobre la niña tímida y amedrentada que yo era. Aun antes de que entrases en persona en mi vida, había en torno a ti una aureola, un ambiente de riqueza, de excepcionalidad y de misterio: todos en el pequeño arrabal (las personas que llevan una vida de estrechez sienten siempre curiosidad por todo lo nuevo que llega a sus puertas) esperábamos ya con impaciencia que te instalases. Y esa curiosidad hacia ti, cómo aumentó en mi caso, cuando una tarde llegué a casa de la escuela y el furgón de mudanzas estaba ante el edificio. La mayor parte, las piezas pesadas, las habían subido ya los portadores, ahora estaban subiendo las cosas más pequeñas; me paré en la puerta de casa para poder contemplarlo todo asombrada, pues todas tus cosas eran singulares y muy distintas de las que yo había visto hasta entonces; había ídolos indios, esculturas italianas, cuadros grandes de colores fuertes, y luego, para terminar, llegaron los libros, tantos y tan bonitos como nunca había tenido por posible. Los apilaban todos en la puerta y desde allí se hacía cargo el criado, que con un plumero les quitaba el polvo cuidadosamente uno por uno. Rondé curiosa el montón creciente, el criado no me echó, aunque tampoco me alentó, así que no me atreví a tocarlos, pese a que me habría encantado sentir el suave cuero de algunos. Temerosa, solo vislumbré algunos títulos de reojo: estaban en francés, en inglés los de abajo, y algunos en idiomas que yo no entendía. Creo que podría haber estado horas mirándolos si no me hubiese llamado madre.

Así que pasé toda la tarde pensando en ti, aun antes de conocerte. Yo tenía apenas una docena de libros baratos, encuadernados en cartón desgastado, que amaba por encima de todas las cosas y que leía una y otra vez. Y ahora me asediaba la cuestión de cómo debía de ser la persona que poseía y había leído todos aquellos libros magníficos, que sabía todas aquellas lenguas, que era tan rica y tan erudita a la vez. Una especie de veneración celestial se unió en mí a la idea de todos aquellos libros. Intenté imaginarte: eras un hombre mayor con gafas y una larga barba blanca, parecido a nuestro profesor de geografía, pero mucho más bondadoso, guapo y agradable... No sé por qué estaba entonces ya segura de que tenías que ser guapo, aun pensando que eras viejo. Y aquella noche, sin conocerte aún, soñé por primera vez contigo.

Llegaste al día siguiente, pero, a pesar de que estuve muy atenta, no pude verte la cara... y eso aumentó mi curiosidad. Por fin, al tercer día, te vi y qué emocionante sorpresa que fueses tan distinto, sin relación alguna con mi imagen infantil de Dios Padre. Yo había soñado con un anciano amable con gafas, y ahí estabas tú... Tú igualito a como eres ahora, tú inmutable, por quien no pasan los años. Vestías un delicioso traje de *sport* beis y subiste con tu inconfundible agilidad las escaleras, dos escalones de cada vez. Llevabas el sombrero en la mano, así que pude verte, con un asombro indescriptible, la cara alegre y vivaz, de joven melena; la verdad es que daba miedo lo joven, lo guapo, lo esbelto y elegante que eras. Y no es de extrañar; en ese primer instante, sentí con toda claridad lo que yo y todos los demás sentimos con cierta sorpresa una y otra vez como tan único: que eres una persona con cierta dualidad, un joven apasionado, bohemio, entregado por completo al juego y la aventura, y a la vez, en tu arte, un hombre implacablemente serio, con sentido del deber, infinitamente leído y cultivado. Inconscientemente sentí lo que todos notan en ti, que llevas una doble vida, una vida con una superficie clara, abierta al mundo, y una por completo oscura, que solo tú conoces: esta dualidad tan profunda, el secreto de tu existencia, la sentí yo, niña de trece años, revestida de magia, al primer vistazo.

¿Entiendes ahora, amor mío, qué milagro, qué enigma seductor fuiste para mí, una niña? Descubrir de pronto que una persona a la que se veneraba porque escribía libros, porque era conocido en el gran mundo, era un joven de veinticinco años, elegante, de alegre humor pueril. ¿Debo aún explicarte que desde aquel día en nuestro edificio, en todo mi pobre mundo infantil, no me interesaba otra cosa que tú? ¿Que, con toda la terquedad, toda la constancia penetrante de los trece años, aún rondé más tu vida, tu existencia? Te observaba, observaba tus costumbres, observaba a las personas que te visitaban, y todo eso no hacía sino aumentar, en vez de disminuir, mi curiosidad por ti, pues toda la dualidad de tu ser se expresaba en la variedad de esas visitas. Venían jóvenes, camaradas tuyos, con los que reías y eras insolente, estudiantes andrajosos, pero también señoras que llegaban en automóvil; una vez el director de la Ópera, el gran director, al que yo solo había visto reverente desde lejos en el atril, y a veces muchachitas que aún estudiaban en la escuela de negocios y se deslizaban apocadas por la puerta; sobre todo, muchas, muchísimas mujeres. A mí aquello no me importaba, ni siquiera cuando una mañana, al irme a la escuela, vi a una señora toda cubierta salir de tu casa; al fin y al cabo, yo solo tenía trece años y la fervorosa curiosidad con la que te acechaba y vigilaba no era consciente aún en la niñez de que aquello ya era amor.

Pero sé aún con exactitud, amor mío, el día y la hora en que quedé perdida del todo y para siempre por ti. Había ido a pasear con una compañera de la escuela y estábamos charlando delante del portal. Entonces llegó un automóvil, se paró y tú saltaste del estribo, con tu manera impaciente, elástica, que aún hoy me extasía en ti, y te dirigiste a la puerta. Algo automático me impulsó a abrírtela y así me puse en tu camino, de manera que casi nos chocamos. Me miraste con esa mirada cálida, suave, envolvente, que era como una caricia, me sonreíste... —sí, no lo puedo expresar de otra forma— con ternura y dijiste, con un susurro casi confidencial: "Muchas gracias, señorita".

Eso fue todo, amor mío; pero, desde ese instante, desde que sentí esa mirada suave y tierna, fui tuya para siempre. Más tarde, aunque bien pronto, supe que dedicas esa mirada envolvente, que atrae hacia ti como un abrazo y al mismo tiempo desnuda, esa mirada de seductor consumado, a

19

todas las mujeres que pasan por tu lado, a todas las dependientas en las tiendas que te venden algo, a todas las doncellas que te abren la puerta; que esa mirada, en ti, no es en absoluto consciente como la voluntad y la simpatía, sino que tu ternura hacia las mujeres hace sin tú pensarlo que tu mirada sea suave y cálida, se la dediques a quien se la dediques. Pero yo, como niña de trece años, no podía suponerlo: me incendió como el fuego. Creí que la ternura era solo para mí, para mí sola, y en ese instante único se despertó la mujer en mí, la adolescente, y esa mujer fue tuya para siempre.

—¿Quién era ese? —me preguntó mi amiga.

No pude contestar enseguida. Me era imposible mencionar tu nombre: ya en ese instante único se me había hecho sagrado, se había convertido en mi secreto.

—Bah, un señor que vive aquí —balbuceé desmañada.

—Pero ¿por qué te has puesto tan colorada cuando te ha mirado? —se burló mi amiga con toda la malicia de una niña curiosa.

Y, de hecho, porque sentía que se burlaba de mi secreto, me subió la sangre aún más encendida a las mejillas. Me volví torpe por la perplejidad.

—¡Serás boba! —dije enfadada.

Podría haberla estrangulado. Pero ella se rio aún más alto y desdeñosa, hasta que sentí que se me saltaban las lágrimas de rabia impotente. La dejé plantada y subí a casa.

Desde ese instante te he amado. Sé que estás acostumbrado a que las mujeres te digan a menudo estas palabras. Pero, créeme, nadie te ha querido de manera tan esclava, como un perro a su dueño, con tanta abnegación como este ser que yo era y que siempre he sido para ti, pues nada en la Tierra se compara al amor inadvertido de una niña desde la oscuridad, pues el suyo es un amor tan carente de esperanza, sumiso, modesto, paciente y apasionado como nunca puede serlo el codicioso y, aun sin quererlo, exigente de una mujer adulta. Solo los niños solitarios pueden ser coherentes con sus pasiones: los demás desgastan sus sentimientos en la vida social, los pulen en la intimidad, han oído y leído mucho del amor, y saben que es un sino compartido. Juegan con él como con un juguete, se jactan de él, como mozos de su primer cigarrillo. Pero yo, yo no tenía a nadie a quien confiarme, nadie me había enseñado ni advertido, no tenía ni experiencia ni intuición: me precipité hacia mi sino como hacia un abismo. Todo lo que crecía y se abría en mí te conocía solo a ti, al sueño de tu persona, como confidente: mi padre había muerto hacía mucho, madre me resultaba una extraña en sus eternos miedos de pensionista y triste abatimiento, las colegialas medio maliciosas me repugnaban porque jugaban imprudentemente con lo que para mí era amor definitivo; así que proyecté sobre ti todo lo que suele disgregarse y repartirse, proyecté todo mi ser comprimido,

que brotaba una y otra vez impaciente. Eras para mí...
¿Cómo podría decirlo? Toda comparación es demasiado limitada... Lo eras, de hecho, todo: toda mi vida. Todo existía solo en la medida en que estaba relacionado contigo, todo en mi existencia tenía sentido solo si estaba vinculado a ti. Cambiaste mi vida entera. Yo, que hasta entonces había sido indiferente y mediocre en la escuela, pasé a ser de pronto la primera, leía un millar de libros hasta bien entrada la noche porque sabía que tú amabas los libros; comencé, para asombro de mi madre, de pronto a practicar piano con constancia casi tozuda porque creía que te gustaba la música. Limpiaba y cosía mi ropa solo para presentarme ante ti bonita y acicalada, y que en mi viejo sobretodo escolar (era un vestido de casa de mi madre arreglado para mí) tuviese a la izquierda una mancha cuadrada, que no se iba, me resultaba atroz. Temía que tú llegases a verla y me despreciases por ello; así que siempre la tapaba apretando contra ella la cartera cuando subía las escaleras, temblando de miedo por si la veías. Pero qué disparatado era aquello: tú no volviste a verme nunca, o casi nunca.

Y, sin embargo, yo no hacía otra cosa en todo el día que esperarte y acecharte. En nuestra puerta había una mirilla de latón a través de la que se podía ver un redondel de tu puerta. Esa mirilla —no, no te rías, amor mío, ni siquiera aún hoy me avergüenzo de aquellos momentos— era mi ojo al mundo, allí, en el recibidor gélido, temiendo el enfado de madre, me sentaba durante aquellos meses y años, con un libro en la mano, al acecho durante tardes enteras, tensa como una cuerda, que tintineaba cuando tu presencia la rozaba. Estaba siempre pendiente de ti, siempre en tensión y en movimiento; pero tú lo sentías tan poco como la tensión del muelle del reloj que llevas en el bolsillo y que cuenta tus horas resignado en la oscuridad, que acompaña imperceptiblemente tus latidos y sobre el que recae tu mirada rápida solo un segundo de los millones que marca. Yo lo sabía todo de ti, conocía cada una de tus costumbres, cada una de tus corbatas, cada uno de tus trajes, conocía y pronto pude distinguir a todos tus conocidos, y los dividía en los que me resultaban simpáticos y los que no: desde mi decimotercer hasta mi decimosexto año, viví cada una de mis horas en ti. Ah, ¡qué de bobadas hacía! Besaba el picaporte que había tocado tu mano, robaba la colilla de un puro que habías tirado antes de entrar en el portal y me era sagrada porque tus labios la habían tocado. Un centenar de veces bajé por la noche con algún pretexto a la calle para ver en cuál de tus habitaciones había luz y sentir así tu presencia, pese a tu invisibilidad, con conocimiento. Y en las semanas en que estabas de viaje —siempre se me paraba el corazón de miedo cuando veía al bueno de Johann bajar tu bolsa de viaje amarilla—, en esas semanas, mi vida estaba muerta y no tenía sentido. Iba de un lado a otro enfurruñada, aburrida, disgustada, y tenía que prestar atención continua para que madre no notase la desesperación de mis ojos hinchados de lágrimas.

Sé que todo esto que te cuento son delirios grotescos, bobadas infantiles. Debería avergonzarme de ellos, pero no me avergüenzo porque nunca fue mi amor por ti más puro y apasionado que en esos excesos infantiles. Durante horas, durante días, podría contarte cómo vivía entonces contigo, que apenas me conocías de vista porque, si nos cruzábamos en las escaleras y no había forma de evitarlo, yo pasaba a toda prisa por tu lado, por miedo a tu ardiente mirada, con la cabeza hundida como alguien que se tira al agua para que el fuego no lo queme. Durante horas, durante días, podría contarte de aquellos años para ti perdidos hace mucho, desarrollar todo el calendario de tu vida; pero no quiero aburrirte, no quiero martirizarte. Solo te confiaré aún la vivencia más hermosa de mi niñez, y te pido que no te rías de ella porque sea tan minúscula, pues para la niña que yo era fue una inmensidad. Debía de ser domingo, tú estabas de viaje y tu criado arrastraba las pesadas alfombras que había sacudido a través de la puerta de tu casa. El pobre las transportaba a duras penas y, en un arranque de audacia, me acerqué a él y le pregunté si quería que lo ayudase. Se quedó atónito, pero me dejó hacer, y así fue como vi —¡si pudiese decirte con qué respeto reverente, hasta devoto!— tu casa por dentro, tu mundo, el escritorio al que solías sentarte y en el que había un par de flores en un jarrón de cristal azul, tus armarios, tus cuadros, tus libros. Solo un vistazo fugaz, furtivo, a tu vida, pues Johann, fiel siempre, me habría impedido seguramente un examen más concienzudo, pero con ese único vistazo absorbí todo el ambiente y tuve alimento para los interminables sueños que tenía sobre ti dormida o despierta.

Ese, ese minuto fugaz, fue el más feliz de mi niñez. Y te lo quería contar para que tú, que no me conoces, comiences a intuir por fin cómo una vida pendía y dependía de ti. Te lo quería contar y también ese otro, el momento más terrible, tan cerca por desgracia de aquel. Por ti hacía caso omiso de todo —ya te lo he dicho—, no prestaba atención a mi madre ni me preocupaba de nadie. No me di cuenta de que un señor mayor, un comerciante de Innsbruck, pariente lejano de mi madre, venía a menudo y se quedaba cada vez más; sí, me resultaba agradable, porque a veces llevaba a mi madre al teatro y yo podía quedarme sola, pensando en ti, acechándote, lo que era mi mayor dicha, la única. Un día, pues, madre me llamó con cierta formalidad a su cuarto: tenía que tratar conmigo algo serio. Palidecí y se me desbocó el corazón: ¿habría sospechado algo?, ¿habría adivinado algo? Mi primer pensamiento fuiste tú, el secreto que me unía al mundo. Pero madre parecía también turbada, me besó (algo que no hacía nunca) con cariño una, dos veces, me sentó en el sofá a su lado y comenzó, entonces, vacilante y avergonzada, a contar que su pariente, que era viudo, le había pedido matrimonio, y que ella había decidido, principalmente por amor a mí, aceptarlo. Me dio un vuelco el corazón: un único pensamiento surgió en mi interior, un pensamiento dedicado a ti.

—Pero nos quedaremos aquí, ¿verdad? —conseguí apenas balbucir.

—No, nos mudamos a Innsbruck, allí tiene Ferdinand una hermosa villa.

No oí nada más. Perdí el sentido. Más tarde supe que me había desmayado; oí cómo madre contaba en susurros al padrastro, que había estado esperando al otro lado de la puerta, que de pronto yo había retrocedido con las manos muy abiertas y luego me había desplomado como un pedazo de plomo. No sé cómo describirte lo que sucedió en los siguientes días, cómo me defendí, con la impotencia de una niña, contra su voluntad de hierro; aún hoy me tiembla, cuando lo pienso, la mano al escribir. No podía traicionar mi verdadero secreto, así que mi resistencia no parecía otra cosa que tozudez, malicia y porfía. Nadie volvió a decirme nada, todo sucedió a mis espaldas. Aprovechaban las horas que yo estaba en la escuela para adelantar la mudanza y, cada vez que volvía a casa, se habían llevado o habían vendido algún otro mueble. Veía cómo iba desapareciendo mi hogar y, con él, mi vida, y una vez, cuando volví a comer, habían estado los mozos de la mudanza y se lo habían llevado todo. En las habitaciones vacías solo quedaban las maletas hechas y dos catres para madre y para mí: en ellos dormiríamos aún esa noche, la última, y al día siguiente viajaríamos a Innsbruck.

En ese último día, sentí con repentina decisión que no podía vivir sin tenerte cerca. No conocía ninguna otra salvación que tú. Lo que pensé, y si pensaba claramente durante esas horas de desesperación, no podré decirlo nunca, pero de pronto —madre había salido— me levanté con mi uniforme de colegiala, tal como estaba, y me dirigí a tu casa. No, no anduve: me arrastré con las piernas envaradas, las rodillas temblorosas, como magnetizada por tu puerta. Ya te he dicho que no sabía claramente lo que quería: tirarme a tus pies y rogarte que me retuvieras como doncella, como esclava, y me temo que te reirás de este fanatismo inocente de una quinceañera, pero... Amor mío, dejarías de reírte si supieses cómo estaba entonces en el pasillo gélido, rígida de miedo y, sin embargo, me arrastraba hacia delante un poder inasible, y cómo yo, la pobre, la temblorosa, me separé hasta cierto punto de mi cuerpo, de manera que él levantó la mano y —fue una lucha en la eternidad de unos segundos terribles— apretó los dedos en el botón del timbre. Aún hoy resuena en mis oídos aquel timbre estridente y, después, el silencio posterior, en el que se me paró el corazón, se me detuvo la sangre y solo escuchaba si venías o no.

Pero no viniste. Nadie vino. Estabas evidentemente fuera aquella tarde y Johann, de recados; así que, con el sonido del timbre zumbándome en los oídos, volví como a tientas a nuestro hogar desparecido, vacío, y me tiré agotada sobre una manta, agotada por los cuatro pasos, como si hubiese caminado durante horas por profunda nieve. Pero, bajo aquel agotamiento, abrasaba aún sin extinguirse la decisión de verte, de hablarte, antes de que me llevaran. No era, te lo juro, un pensamiento sensual, aún ignoraba el asunto, entre otras cosas porque no pensaba en nada más que en ti: solo quería verte, verte una vez más, aferrarme a ti. Toda la noche, toda aquella larga y terrible noche, te estuve, amor mío, esperando. Apenas se había tumbado madre en su catre y se había dormido, me deslicé al recibidor para oírte cuando llegases a casa. Toda la noche te esperé, y fue una gélida noche de enero. Estaba cansada, me dolía el cuerpo, y no había ya asientos en los que sentarse, así que me tumbé en el frío suelo, sobre el que soplaba la corriente de la puerta. Me tumbé con nada más que mi fino camisón en el suelo dolorosamente frío porque no había llevado siquiera un cobertor: no quería abrigarme por miedo a dormirme y no oír tus pasos. Dolía, apretaba los pies uno contra otro en convulsiones, me tiritaban los brazos: tenía que levantarme de vez en cuando, tanto frío hacía en la terrible oscuridad. Pero te esperé, te esperé, te esperé como quien espera su sino.

Por fin —debían de ser ya las dos o las tres de la madrugada— oí abrirse el portal abajo y luego pasos en la escalera. De pronto se me pasó el frío, me inundó el calor, en silencio abrí la puerta para caerte en los brazos, a los pies... Ah, no sé qué imprudencia habría hecho aquella niña. Los pasos se acercaron, titiló la luz de una vela. Temblando agarré el picaporte. ¿Eras tú quien venía?

Sí, eras tú, amor mío, pero no estabas solo. Oí una risita leve, burbujeante, el roce de un vestido de seda y tu voz en susurros: venías a casa con una mujer...

No sé cómo sobreviví a aquella noche. A la mañana siguiente, a las ocho, me arrastraron a Innsbruck: no tenía ya fuerzas para resistirme.

Anoche murió mi niño: ahora estaré de nuevo sola si tengo que seguir viviendo. Mañana vendrán unos hombres desconocidos, de negro, colosales, con un ataúd, y lo pondrán dentro, a mi pobrecillo, a mi único hijo. Puede que vengan también amigos y traigan coronas, pero ¿qué son las flores sobre un ataúd? Me consolarán y dirán unas palabras, palabras, palabras; pero ¿de qué van a servirme? Sé que tendré que quedarme de nuevo sola. Y no hay nada más terrible que estar sola entre personas. Lo viví ya entonces, en aquellos dos años interminables en Innsbruck, aquellos años de mis dieciséis a mis dieciocho, en los que era como una prisionera, una repudiada, en mi familia. El padrastro, un hombre muy tranquilo y parco en palabras, era bueno conmigo; mi madre parecía estar expiando una culpa inconsciente, dispuesta a concederme todos los caprichos; se reunía gente joven a mi alrededor, pero yo los rechazaba a todos con vehemente porfía. No quería tener una vida feliz, estar contenta, lejos de ti; me enterré en un mundo oscuro, en el que me torturaba y me aislaba. No me ponía los nuevos vestidos de colores que me compraban, me negaba a ir a conciertos, al teatro o a excursiones en compañía animada. Casi no pisaba la calle: ¿creerás, amor mío, que apenas conozco una docena de calles de esa pequeña ciudad en la que viví dos años? Estaba triste y quería estarlo, me extasiaba en cada privación que me imponía sobre la de no verte. Y, además, no quería dejarme distraer de mi pasión de vivir solo en ti. Me quedaba sola en casa, durante horas, durante días, sin otra ocupación que tenerte en mi pensamiento; una y otra vez, una y otra vez repasaba los centenares de pequeños recuerdos que de ti tenía, cada movimiento, cada espera, me representaba esos pequeños episodios como en el teatro. Y, como me repetí cada uno de aquellos segundos una infinidad de veces, conservé toda mi niñez en tan vivo recuerdo que aún hoy puedo sentir cada minuto de esos años tan vívidamente como si hubiese sucedido ayer.

Solo en ti vivía entonces. Me compraba todos tus libros; si tu nombre aparecía en el periódico, era para mí día de fiesta. ¿Quieres creer que me sé de memoria cada línea de tus libros de tantas veces que los leí? Si me despertasen en medio de la noche y me dijeran una línea suelta de uno de ellos, podría aún hoy, aún hoy después de trece años, seguirla como en sueños: así era cada una de tus palabras para mí, Evangelio y oración. Todo el mundo existía nada más que en relación contigo: leía en los periódicos de Viena los conciertos, los estrenos, con el único pensamiento de cuáles te interesarían y, al llegar la noche en cuestión, te acompañaba desde la distancia: ahora entra en la sala, ahora se sienta. Un millar de veces soñé con ello porque te había visto una sola vez en un concierto.

Pero ¿por qué contarte todo esto, todo este fanatismo rabioso consigo mismo, tan trágicamente desesperado, de una niña abandonada? ¿Por qué contárselo a alguien que nunca lo ha intuido, que nunca lo ha sabido? Y, sin embargo, ¿era yo entonces de verdad aún una niña? Cumplí diecisiete, dieciocho años; los jóvenes comenzaron a volverse a mi paso por la calle, pero solo me irritaban. Pues el amor, o tan solo un juego de amor en pensamiento, con alguien que no fueses tú me resultaba tan incomprensible, tan impensablemente ajeno, que solo intentarlo me habría parecido un crimen. Mi pasión por ti continuó igual, solo que tenía en mi cuerpo, en mis sentidos despiertos, un efecto más ardiente, más carnal, más de mujer. Y que a aquella niña, en su voluntad poco informada, a aquella niña que entonces tocó el timbre de tu puerta no se le había pasado por la cabeza era ahora mi único pensamiento: ofrecerme a ti, entregarme a ti.

La gente a mi alrededor me suponía tímida, me trataba de apocada (conservaba mi secreto con los labios sellados). Pero en mí crecía una voluntad de hierro. Dedicaba todo mi pensamiento y mi esfuerzo a una sola cosa: volver a Viena, volver a ti. Y acabé imponiendo mi voluntad, por absurda e incomprensible que pudiese parecer a los demás. Mi padrastro era rico, se portaba conmigo como si fuese hija suya. Pero me empeñé encarnizadamente en que quería ganar mi propio dinero. Conseguí, por fin, que un pariente me aceptase en Viena como empleada de un gran almacén de moda.

¿Es preciso que te diga cuál fue el primer lugar al que fui cuando, una tarde de otoño neblinosa, llegué —¡al fin!, ¡al fin!— a Viena? Dejé la maleta en la estación, me precipité al tranvía —qué lento me parecía ir, con cada parada aumentaba mi enfado— y corrí hasta tu edificio. Las ventanas de tu casa estaban iluminadas, mi corazón dio un brinco. Solo entonces revivió la ciudad, que tan extraña, tan sin sentido, se me había hecho; solo entonces reviví yo, porque te presentía cerca, a ti, mi sueño eterno. Lo que no presentía era que, en realidad, tu consciencia seguía tan lejos, tras valles, montañas y ríos, pese a que ahora solo la fina hoja de vidrio iluminada de tu ventana se interponía entre tú y mi brillante mirada. Yo no dejaba de mirar arriba: ahí estaba la luz, ahí estaba la casa, ahí estabas tú, ahí estaba mi mundo entero. Llevaba dos años soñando con ese momento, por fin se me había concedido. Estuve aquella tarde, larga, velada y sentimental, ante tu ventana, hasta que se apagó la luz. Solo entonces me fui a casa.

Todas las noches las pasaba así parada ante tu edificio. Trabajaba en la tienda hasta las seis, un turno difícil y fatigoso, pero me gustaba porque aquella constante agitación me ayudaba a aliviar el dolor de la mía. Y, en cuanto echaban el cierre a mi espalda, corría al amado lugar. Verte solo una vez, cruzarme contigo solo una vez, ese era mi único deseo, abrazar una vez más tu rostro con la mirada desde lejos. Al cabo de más o menos una semana sucedió por fin que te vi y, a decir verdad, en un momento en que no lo había esperado: mientras fisgoneaba tu ventana, cruzaste la calle. Y, de pronto, me convertí de nuevo en la niña, en la chiquilla de trece años; sentí cómo me subía la sangre a las mejillas; sin quererlo, contra mi impulso más profundo, que ansiaba sentir tus ojos, hundí la cabeza y pasé por tu lado a toda prisa, como si me persiguiesen. Después me avergoncé de una huida tan de colegiala tímida, pues ahora tenía claro mi deseo: quería encontrarme contigo, te buscaba, quería que me reconocieses tras aquellos años de anhelos escondidos, quería tu atención, quería tu amor.

Pero tú no te percataste de mi existencia durante mucho tiempo, pese a que pasaba todas las tardes en tu calle, incluso en medio de la nevisca y del viento frío, preñado de nieve, de Viena. A menudo esperaba durante horas en vano, a menudo salías de casa por fin en compañía de algún conocido, dos veces te vi con mujeres, y entonces sentí que era adulta, sentí lo nuevo, lo diferente, que era mi sentimiento hacia ti, en el repentino vuelco del corazón que me rompía el alma cuando veía a una mujer desconocida colgada tan segura de tu brazo No es que me sorprendiese: conocía tus eternas visitas femeninas ya de mi niñez, pero ahora me hacían un daño casi físico, algo se tensaba en mí, a la vez hostil y exigente, contra esa confianza obvia, sensual, con otra mujer. Un día no acudí por un orgullo infantil, que tal vez me mantiene alejada ahora; pero... pero qué espantosa fue esa tarde vacía por tozudez y rebelión. A la tarde siguiente estaba de nuevo sumisa ante tu edificio, esperando, esperando como ha sido siempre mi sino ante tu vida cerrada a mí.

Y, por fin, una tarde me viste. Yo te observaba ya venir desde lejos y preparé mi voluntad para no evitarte. Quiso la casualidad que la calle estuviese entorpecida por un furgón que descargaban, y tú tenías que pasar justo por mi lado. Por reflejo, tu mirada dispersa pasó sobre mí para, de pronto, apenas había llamado la atención de la mía —¡cómo impone mi recuerdo!—, convertirse en esa mirada que reservas a las mujeres, esa mirada tierna, envolvente, que atrae hacia ti como un abrazo y al mismo tiempo desnuda, que despertó en mí, cuando era niña, por primera vez a la mujer, a la amante. Durante uno, dos segundos, esa mirada mantuvo la mía, que no podía ni quería evitarla... Luego, habías pasado. Tenía el corazón en la garganta; sin querer, tuve que frenar el paso y, como movida por una curiosidad invencible, me volví; vi que tú también te habías quedado parado y me mirabas aún. Y, por la forma en que me observabas con interés curioso, lo supe: no me habías reconocido.

No me reconociste entonces, y no me has reconocido nunca, nunca. Cómo podría describirte, amor mío, la decepción de aquel instante... Aquella fue la primera vez que

sufrí este sino de que no me reconocieses, con el que he vivido toda la vida y muero ahora; desconocida, aún no reconocida por ti. ¡Cómo podría describirte esa decepción! Pues, mira, en aquellos dos años en Innsbruck, donde yo pensaba en ti a todas horas y no hacía otra cosa que imaginarme nuestro reencuentro en Viena, había imaginado las más pintorescas de las posibilidades igual que las más dichosas, según mi humor. Todo lo había soñado, por así decirlo: me había imaginado, en momentos oscuros, que me rechazarías, que me despreciarías por ser demasiado ordinaria, demasiado fea, demasiado impertinente. Todas las formas de tus celos, tu frialdad, tu indiferencia, todas las había atravesado en las visiones más apasionadas; pero esta, esta no la había tenido presente ni en la más oscura emoción de mi espíritu, ni siquiera en la conciencia más extrema de mi inferioridad; esta, la más terrible: que ni siquiera habías sido jamás consciente de mi existencia. Hoy entiendo —¡ah!, me has enseñado a entenderlo— que la cara de una muchacha, de una mujer, debe de ser algo extraordinariamente cambiante para un hombre porque a menudo es solo un espejo, ora de pasión, ora de candidez, ora de cansancio, y pasa tan levemente como una imagen en un espejo, y que, por tanto, es fácil para un hombre olvidar el semblante de una mujer porque la edad la cambia con luces y sombras, porque la ropa la enmarca de distinta forma de una vez a otra. Las resignadas son, en realidad, las sabias auténticas. Pero yo, la muchacha de entonces, no podía entender aún tu olvido, pues de alguna manera había surgido de mi desorbitada e incesante ocupación contigo la ilusión de que también tú debías de haber pensado en mí a menudo y haberme esperado; cómo iba a seguir respirando ahora con la certeza de que yo no era nada para ti, de que nunca te había conmovido ni un leve recuerdo de mí. Y este despertar ante tu mirada, que me demostró que nada en ti me reconocía ya, que ni un hilo de recuerdo de tu vida alcanzaba la mía, eso fue mi primera caída hacia la realidad, el primer indicio que tuve de mi sino.

No me reconociste entonces. Y cuando, dos días más tarde, tu mirada me envolvió con cierta familiaridad en un nuevo encuentro, me reconociste no como la que te había amado y a la que habías revivido, sino simplemente como la muchacha guapa de dieciocho años con la que te habías cruzado dos días antes en el mismo lugar. Me miraste amablemente sorprendido, una leve sonrisa jugueteándote en los labios. De nuevo pasaste por mi lado y de nuevo con el paso de inmediato más lento: yo temblaba, jadeaba, rogaba que me hablases. Sentí que estaba viva por primera vez para ti: también yo frené el paso, no me aparté de ti. Y, de pronto, te noté a mi espalda sin necesidad de volverme, supe que iba a oír por primera vez tu amada voz dirigiéndose a mí. La expectación era en mí como un entumecimiento, temía tener que pararme, tan fuerte me latía el corazón... Y, entonces, me alcanzaste y caminaste a mi lado. Me hablaste a tu manera ligera y alegre, como si hiciese mucho que fuésemos amigos —¡ah!, no tenías ni la más mínima idea sobre mí, nunca has sabido nada de mi vida—, tan despreocupado y seductor me hablaste que incluso fui capaz de contestar. Recorrimos juntos toda la calle. Luego me preguntaste si quería ir a comer contigo. Dije que sí. ¿Qué me habría atrevido yo a negarte?

Comimos juntos en un pequeño restaurante... ¿Recuerdas aún dónde? Claro que no, seguro que no distingues ya esa noche de otras parecidas, pues ¿quién era yo para ti? Una entre centenares, una aventura en una cadena infinita. ¿Qué podrías, además, recordar de mí? Hablé poco porque me sentía inmensamente feliz de tenerte cerca, de escuchar que era a mí a quien hablabas. No quería desperdiciar ni un instante con una pregunta, con una palabra necia. De puro agradecimiento no podré olvidar nunca aquellos momentos, hasta qué punto hiciste honor a mi veneración, con qué cariño, con qué ligereza, con qué tacto me trataste, sin ninguna petulancia, sin ninguno de esos mimos y caricias rápidos, y desde el primer momento con una confianza afable tan segura que me habrías ganado incluso si mi ser y mi voluntad no hubiesen sido ya del todo tuyos hacía mucho. Ah, no sabes lo inmensamente que me honraste no defraudando aquellos cinco años de expectación infantil.

Se hizo tarde, nos marchamos. En la puerta del restaurante me preguntaste si debía irme o tenía aún tiempo. ¡Cómo iba a ocultarte que estaba lista para ti! Dije que aún tenía tiempo. Luego me preguntaste, superando aprisa un ligero titubeo, si no querría ir a tu casa quizás un rato a charlar.

—Con gusto —dije, con toda la naturalidad de mis sentimientos, y me di cuenta enseguida de que la rapidez de mi aceptación te había resultado algo penosa o placentera, pero que, en cualquier caso, te había sorprendido visiblemente. Hoy entiendo tu asombro: sé que es usual entre las mujeres, incluso cuando el deseo de la entrega arde en ellas, disimular su disposición, fingir tribulación o enfado, que solo se aplaca con insistentes peticiones, mentiras, juramentos y promesas. Sé que tal vez solo las profesionales del amor, las rameras, responderían a semejante invitación con un asentimiento tan completamente espontáneo, o las niñas inocentes, a medio hacer. En mí, sin embargo, fue —y cómo podías tú suponerlo— solo la voluntad hecha verbo, el anhelo concentrado de un millar de días. En todo caso, sin embargo, te sorprendiste y yo comencé a interesarte. Me di cuenta de que, mientras andábamos, durante la conversación, me examinabas de reojo admirado. Tu intuición, tan mágicamente segura siempre con todo el mundo, olfateaba aquí sin duda algo inusitado, un secreto en esa muchacha bonita y adorable. Había despertado tu curiosidad y supe, por las preguntas tentativas, circulares, que querías llegar al secreto. Pero yo te desviaba: prefería parecer impertinente que descubrírtelo.

Subimos a tu casa. Perdona, amor mío, que te diga que no puedes entender lo que fueron para mí ese portal, esas escaleras, qué vértigo, qué desconcierto, qué felicidad rabiosa, torturadora, casi letal. Aún ahora apenas puedo recordarlos sin lágrimas, y eso que ya no me quedan. Pero baste decir que cada objeto estaba impregnado en igual medida de mi pasión, cada uno símbolo de mi niñez, de mi añoranza: el portal delante del que te había esperado miles de veces, las escaleras desde las que había esperado escuchar tus pasos y donde te vi por primera vez, la mirilla por la que curioseaba mi alma, el felpudo ante tu puerta en el que una vez me arrodillé, el crujido de la llave, que siempre me ponía al acecho. Durante toda mi niñez, toda mi pasión anidaba en aquel espacio de un par de metros; ahí estaba toda mi vida, y así cayó de nuevo sobre mí como una tormenta en la que se cumplía todo todo, y entré contigo, yo entré contigo, en tu edificio, en el nuestro. Ten en cuenta —suena banal, pero no sé decirlo de otra forma— que, durante toda una vida, la realidad, el mundo cotidiano habían llegado hasta tu puerta, donde comenzaba el país encantado de la infancia, el reino de Aladino; ten en cuenta que había mirado un millar de veces con ardientes ojos esa puerta por la que ahora entraba extasiada, y podrás imaginar —pero solo imaginar, nunca saberlo del todo, amor mío— lo que ese minuto de caída se llevó de mi vida.

Aquella noche la pasé entera contigo. No supusiste que nunca antes me había tocado un hombre, nadie había visto o acariciado mi cuerpo. Pero cómo podías suponerlo, amor mío, cuando yo no te ofrecí ninguna resistencia, reprimí toda vacilación del pudor, solo para que tú no pudieses adivinar el secreto de mi amor por ti, que sin duda te habría atemorizado, pues tú amas solo lo ligero, lo juguetón, lo liviano, tienes miedo de quedar atrapado en un sino. El derroche es lo que quieres para ti, tú, en todo, en el mundo, y no quieres dejar víctimas. Si ahora te digo, cariño, que me entregué a ti virgen, te suplico que no lo malinterpretes. No te lo reprocho: no me sedujiste, no me engañaste, no me corrompiste... Fui yo la que me precipité hacia ti, me arrojé en tus brazos, me arrojé hacia mi sino. Nunca, nunca te lo reprocharé, no: solo puedo agradecerte aquella noche, tan rica, tan reluciente de deseo, tan rebosante de dicha. Cuando abrí los ojos en la oscuridad y te sentí a mi lado, me maravillé de no tener sobre mí las estrellas, tan cerca sentía el cielo; no, nunca me he arrepentido, amor mío, nunca de aquellos momentos. Aún lo recuerdo: mientras dormías, mientras yo escuchaba tu respiración y sentía tu cuerpo, y el mío tan cerca del tuyo, lloré de alegría en la oscuridad.

Por la mañana me fui temprano. Debía ir a la tienda y quería también irme antes de que llegase tu criado: no debía verme. Cuando estaba vestida ante ti, me tomaste en tus brazos, me miraste largo tiempo; ¿fue un recuerdo, oscuro y lejano, el que se agitó en ti, o te parecí solo hermosa, feliz, como estaba? Entonces me besaste en los labios. Me desasí en silencio y quise irme. Y tú preguntaste:

—¿No quieres llevarte unas flores?

Dije que sí. Tomaste cuatro rosas blancas del jarrón de cristal azul del escritorio (ay, lo conocía de aquel único vistazo robado en mi niñez) y me las diste. Seguí besándolas durante días.

Habíamos previsto vernos otra noche. Acudí, y fue una vez más maravillosa. Aún me regalaste una tercera. Luego dijiste que viajabas —¡ah!, cómo odiaba aquellos viajes desde mi niñez— y me prometiste que me avisarías nada más volver. Te di la dirección de una lista de correos: no quería decirte mi nombre. Preservé mi secreto. Una vez más, me diste unas rosas como despedida: como despedida.

Cada día durante dos meses me pregunté... Pero no, para qué narrarte ese suplicio de la expectación, de la desesperación. No te reprocho nada, te quiero como eres, vehemente y desmemoriado, apasionado y desleal, te quiero así, solo así, como siempre has sido y eres aún. Habías vuelto hacía mucho, lo vi en tus ventanas encendidas, y no me habías escrito. Ni una línea tuya tengo en mis últimas horas, ni una línea tuya, la persona a la que he entregado mi vida. Esperé, esperé como una desesperada. Pero no me llamaste, no me escribiste ni una línea... Ni una línea...

Ayer murió mi niño, que era también el tuyo. Era también el tuyo, amor mío, el niño de una de aquellas tres noches, te lo juro, y una no miente a la sombra de la muerte. Era nuestro niño, te lo juro, porque ningún hombre me tocó desde el momento en que me entregué a ti hasta ese otro en el que él salió de mis entrañas. Tu tacto me había hecho sagrada: ¿cómo podría haber permitido que me compartieses, tú que lo habías sido todo para mí, con otros que apenas rozaban mi vida sin dejar huella? Era nuestro niño, tesoro mío, el niño de mi amor consciente y de tu cariño despreocupado, disipado, casi inconsciente, nuestro niño, nuestro hijo, nuestro único hijo. Pero te preguntarás, amor mío —tal vez temeroso, tal vez solo asombrado—, te preguntarás por qué no te he hablado en todos estos años de este niño y lo

hago hoy por primera vez, ahora que yace ahí dormido en la penumbra, dormido para siempre, ya listo para irse y no volver nunca más, ¡nunca más! Pero ¿cómo podría habértelo dicho? Nunca me habrías creído, a la desconocida que se abrió a ti aquellas tres noches con total disponibilidad, sin ninguna resistencia, incluso solícita, nunca habrías creído a la sin nombre de un encuentro fugaz que te hubiese sido fiel, a ti, el desleal... Nunca habrías reconocido sin desconfianza a este niño como tuyo. Nunca, aun cuando mi palabra te hubiese parecido verosímil, te habrías deshecho de la sospecha secreta de que yo intentaba endosarle a un hombre acomodado, a ti, el fruto de horas ajenas. Habrías desconfiado de mí, una sombra habría quedado, una sombra pasajera, tímida, de desconfianza entre tú y yo. Y yo no quería eso. Y, además, te conozco; te conozco tan bien como seguro que no te conoces tú mismo: lo sé, te habría resultado, a ti que amas lo despreocupado, lo liviano, lo juguetón en el amor, embarazoso ser de pronto padre, de pronto responsable del sino de otra persona. Tú, que solo eres capaz de respirar en libertad, te habrías visto de alguna manera ligado a mí. Me habrías —sí, sé que lo habrías hecho, aun contra tu propia consciencia—, me habrías odiado por ese vínculo. Yo habría sido para ti una carga, habría sufrido tu odio, tal vez solo unas horas, tal vez solo unos fugaces minutos, pero, en mi orgullo, quería que pensases en mí toda la vida sin aflicción. Prefería cargármelo todo a la espalda que ser una carga para ti, y ser la única de todas tus mujeres en la que siempre pensases con amor, con agradecimiento. Pero la verdad es que nunca has pensado en mí: me olvidaste.

No te lo reprocho, amor mío, no te lo reprocho. Perdóname si alguna gota de amargura fluye por mi pluma, perdóname... Mi niño, nuestro niño yace ahí muerto, a la luz titilante de las velas; he clamado a Dios, con los puños cerrados, llamándolo asesino, tengo el sentido nublado y confuso. Perdona mi reproche, ¡perdónalo! Sé que eres bueno y compasivo en el fondo de tu corazón; ayudas a todo el mundo, incluso a los extraños que te lo piden. Pero tu bondad es tan peculiar... Está disponible para que cualquiera la pueda tomar a manos llenas, es grande, infinitamente grande, tu bondad, pero es —perdóname—, es perezosa. Hay que reclamarla, hay que tomarla. Ayudas si te llaman, si te piden, ayudas por pudor, por debilidad, y no por alegría. No aprecias —digámoslo abiertamente— más a las personas necesitadas que al hermano con suerte. Y a las personas que son como tú, incluso a las mejores entre ellas, es difícil pedirles nada. Una vez, cuando aún era una niña, miré por la mirilla cómo le dabas algo a un pedigüeño que había llamado a tu puerta. Se lo diste sin dudar e incluso mucho, incluso antes de que te lo pidiese, pero se lo tendiste con cierto miedo y premura, para que se fuese pronto: era como si tuvieses miedo de que te mirara a los ojos. Nunca he olvidado esa forma intranquila, medrosa, que huye de la gratitud de quien recibe la ayuda. Y, por eso, nunca me dirigí a ti. Cierto, lo sé, me habrías respaldado aun sin la seguridad de que fuese tu hijo, me habrías consolado, me habrías dado dinero, mucho dinero, pero solo con la impaciencia secreta de alejar de ti la incomodidad; sí, creo que incluso me habrías convencido de librarme del niño antes. Y eso era lo que yo más temía, porque ¿qué no habría hecho yo si tú me lo hubieses pedido? ¿Cómo podría haberte negado algo? Pero este niño lo era todo para mí, era además tuyo, un tú repetido, pero no ya tú, el feliz, el despreocupado, que yo no podía conservar, sino un tú que se me había concedido para siempre —eso me decía yo—, retenido en mi amor, ligado a mi vida. Ahora te tenía por fin atrapado, podía sentirte, tu vida creciendo en mis venas, alimentarte, darte de beber, mimarte, besarte cuando me pidiese el alma hacerlo. Ya ves, amor mío, por eso fui tan dichosa cuando supe que esperaba un hijo tuyo, por eso te lo callé: porque así ya no podrías escapar de mí.

Es cierto, amor mío, que esos meses no fueron todo felicidad, como yo los había previsto en mi imaginación, fueron también meses llenos de horror y tormento, llenos de repugnancia por la bajeza del ser humano. No lo tuve fácil. Durante los últimos meses no podía ir ya a la tienda para que los parientes no me descubriesen y no pudiesen contarlo en mi casa. A madre no quería pedirle dinero, así que, hasta el momento del parto, me sustenté con la venta de las escasas joyas que tenía. Pero, una semana antes, una lavandera me robó del armario las pocas coronas que me quedaban, así que tuve que ir a la casa de maternidad. Allí, donde solo se arrastran en su necesidad las más pobres, las deshonradas y olvidadas, y allí, en medio de la escoria y la miseria, allí nació el niño, tu hijo. Era para morirse: extraño, extraño, extraño era todo, extrañas unas de otras, las que allí estábamos, solas y llenas de odio hacia las demás, amontonadas todas en aquella sala sofocante, a rebosar de cloroformo y sangre, de gritos y suspiros, por mera miseria, por el mismo tormento. Lo que la pobreza debe soportar en humillación, en vergüenza física y espiritual, lo sufrí allí, junto a las rameras y las enfermas que hacían una infamia del sino compartido, en el cinismo de los médicos jóvenes que retiraban las sábanas a las indefensas con una sonrisa irónica para tocarlas con falso método científico, en la codicia de las enfermeras... Ay, allí se mortifica el pudor de una persona con miradas y se lo castiga con palabras. La placa con tu nombre es el único sitio en el que no dejas de ser tú, pues lo que está en la cama no es más que un trozo de carne palpitante, palpado con curiosidad, un objeto de exhibición y estudio... Ah, las mujeres que dan a luz en casa de su marido, que espera con cariño, no saben lo que significa dar a luz a un niño sola, indefensa, como por decirlo así, sobre una mesa de disección. Y aún hoy, cuando leo en un libro la palabra *infierno*, no puedo evitar recordar aquella sala repleta de sudor, suspiros, risas y cruentos gritos, en la que sufrí: aquel matadero del pudor.

Perdona, perdóname que haya hablado de ello. Pero será la única vez que lo haga, nunca más, nunca de nuevo. Llevo once años callándolo, y pronto guardaré silencio para toda la eternidad; alguna vez tenía que gritar al mundo, gritar una vez lo caro que me costó este niño que era mi dicha y que ahora yace ahí sin aliento. Ya había olvidado aquellos momentos, los olvidé hace mucho con las sonrisas, la voz del niño, en mi dicha; pero, ahora que está muerto, el suplicio resucita, y tengo que sacarlo a gritos de mi alma, esta vez, solo esta vez. Pero no te lo reprocho a ti: solo a Dios, solo a Dios que ha quitado todo el sentido a aquel suplicio. No te lo reprocho a ti, lo juro, y nunca me he enfadado contigo. Ni siquiera en el momento en que mi cuerpo se doblaba con los dolores del parto, en que mi cuerpo ardía de pudor bajo las miradas casi físicas de los estudiantes, ni siquiera en el instante en que el dolor me partió el alma en dos, te reproché nada ante Dios; nunca me he arrepentido de aquellas noches, nunca he renegado de mi amor por ti, siempre te he querido, siempre he bendecido la hora en que nos encontramos. Y, si tuviese que pasar una vez más por el infierno de aquellos momentos y supiese por adelantado lo que me esperaba, aun así lo haría todo de nuevo, amor mío, una y mil veces.

⦿

Ayer murió nuestro niño, y tú nunca lo conociste. Nunca, ni siquiera en fugaces encuentros casuales, rozó tu mirada a este pequeño ser en la flor de la vida, tu ser, ni siquiera de paso. Me mantuve mucho tiempo alejada de ti cuando tuve al niño: mi ansia de ti se había vuelto menos dolorosa, sí, creo que te amaba con menos pasión, al menos no sufría tanto por mi amor, desde que lo tuve. No quería dividirme entre tú y él; así que no me daba a ti, el feliz, que vivía sin mí, sino a este niño que me necesitaba, que debía alimentar, que podía besar y abrazar. Parecía que me había salvado de la inquietud que me causabas, de mi hado, salvada por este otro tú que era verdaderamente mío; cada vez con menos frecuencia, con muy poca frecuencia, afluían sumisos mis sentimientos hacia tu casa. Solo una cosa seguía haciendo: en tu cumpleaños te mandaba siempre un ramito de rosas blancas, exactamente iguales a las que me regalaste tras nuestra primera noche de amor. ¿Te has preguntado alguna vez, en estos diez, once años, quién

53

las enviaba? ¿Te has acordado tal vez de aquella a la que le regalaste unas rosas así? No lo sé y no sabré nunca tu respuesta. Solo enviártelas desde las sombras, dejar florecer una vez al año el recuerdo de aquellos momentos..., eso era suficiente para mí.

Nunca has conocido a nuestro pobre niño; hoy me reprocho habértelo ocultado porque le habrías querido. Nunca lo has conocido, al pobre chiquillo, nunca has visto su sonrisa cuando abría despacito los párpados y, luego, arrojaba sobre mí, sobre todo el mundo, con sus inteligentes ojos oscuros —¡tus ojos!—, una luz clara, alegre. Ah, era tan vivaz, tan bueno: toda la ligereza de tu ser se había repetido en él de manera infantil; tu fantasía rápida, siempre en movimiento, se había renovado en él: durante horas podía jugar ensimismado con objetos como tú juegas con la vida, y luego de nuevo sentarse serio, con interés, ante sus libros. Se parecía cada vez más a ti: ya comenzaba a adivinarse en él esa dualidad de seriedad y juego que te es tan propia, y cuanto más se parecía a ti, más lo quería yo. Estudiaba mucho, chapurreaba francés como una cotorrita, sus cuadernos eran los más limpios de la clase, y qué guapo, qué elegante estaba con su traje de terciopelo negro o con la chaquetita de marinero blanca. Siempre era el más elegante de todos donde fuese; en Grado, en la playa, cuando fui con él, las mujeres se paraban a acariciar su larga melena rubia; en Semmering, cuando iba en trineo, la gente se volvía maravillada a mirarlo. Era tan guapo, tan cariñoso, tan dócil: cuando entró el año pasado en el internado del noble colegio Theresianum, llevaba su uniforme y el espadín como un paje del siglo XVIII; ahora solo tiene el camisón puesto, el pobre, que yace ahí con los labios pálidos y las manos entrelazadas.

Pero me preguntarás quizá cómo he podido criar un hijo con tanto lujo, cómo logré darle la vida clara, serena, de la clase alta. Querido, te hablo desde las sombras, no tengo pudor; te lo diré, pero no te sobresaltes, amor mío... Me he vendido. No me convertí en eso que llaman una mujer de la calle, una ramera, pero me he vendido. He tenido amigos, amantes ricos: primero los busqué, luego me buscaron ellos a mí porque yo era —¿fuiste consciente alguna vez?— muy hermosa. Todos a los que me di me ganaron con amabilidad, todos me lo agradecieron, todos se prendaron de mí, todos me amaron... Solo tú no, ¡solo tú no, amor mío!

¿Me desprecias ahora porque te revelo que me vendí? No, lo sé, no me desprecias, lo sé, lo entiendes todo y entenderás también que lo hice solo por ti, por tu otro yo, por tu hijo. Había tocado una vez, en aquella sala de la casa de maternidad, lo horrible de la pobreza, sabía que en este mundo al pobre es siempre al que pisan, al que rebajan, la víctima, y no quería, a ningún precio, que mi niño, tu niño hermoso y brillante, tuviese que crecer ahí abajo en la profundidad de la escoria, en la ruindad y la brutalidad de la calle, en el aire infestado de una habitación en lo peor del edificio. Sus tiernos labios no debían conocer el habla del arroyo, su blanca piel no debía sufrir la ropa enmohecida, deformada de la pobreza: tu hijo debía tenerlo todo, toda riqueza, toda facilidad en el mundo, debía alzarse hasta ti, a tu esfera de la vida.

Por eso, solo por eso, amor mío, me vendí. No fue un sacrificio para mí, pues lo que, por lo general, se entiende por honor y deshonra era para mí insustancial: tú no me querías, tú, el único al que pertenecía mi cuerpo, así que me era indiferente lo que le sucediese. Las caricias de los hombres, incluso su más profunda pasión, no me conmovían en lo esencial, si bien a algunos los apreciaba mucho y mi compasión por su amor no correspondido a menudo agitaba el recuerdo de mi propio sino. Todos eran buenos conmigo, todos me mimaban, todos me respetaban. Había entre todos uno, un conde del Imperio de cierta edad, viudo, el mismo que se desvivió tocando puertas para que admitiesen al niño sin padre, tu hijo, en el Theresianum, que me quería como a una hija. Tres, hasta cuatro veces me pidió matrimonio —podría hoy ser condesa, señora de un palacio de cuento en el Tirol, podría no tener preocupaciones, pues el niño habría tenido un padre amoroso, que lo adorase, y yo

un hombre tranquilo, distinguido, benévolo a mi lado—, pero no accedí, por mucho, por muy a menudo que insistiese, por mucho daño que le hiciese yo con mi rechazo. Puede que fuese una insensatez, pues, si lo hubiese aceptado, viviría ahora en algún sitio tranquila y cobijada, y este niño amado, conmigo, pero —por qué no reconocértelo— no quería atarme, quería estar libre para ti en cualquier momento. En lo más profundo de mi interior, en el inconsciente de mi ser, vivía aún el viejo sueño de la infancia: tú me buscarías quizás una vez más, aunque solo fuese por una hora. Y por esa hora posible lo aparté todo, solo para estar libre para ti, para tu llamada. ¿Qué otra cosa ha sido mi vida entera, desde que se despertó de la niñez, que una espera, que esperar tu voluntad?

Y esa hora sí que llegó. Pero tú no lo sabes, no lo intuyes siquiera, amor mío. Y tampoco esa vez me reconociste; nunca, nunca, nunca me has reconocido. Antes me había encontrado contigo ya a menudo, en los teatros, en los conciertos, paseando en los jardines del Prater, en la calle: cada vez me daba un vuelco el corazón, pero tú ni me veías; yo era en el exterior ya muy distinta, la niña apocada se había convertido en una mujer, hermosa decían, envuelta en caras ropas, rodeada de admiradores: ¿cómo podías sospechar en mí a aquella tímida chiquilla a la tenue luz de tu dormitorio? A veces te saludaba alguno de los caballeros con los que yo iba, tú contestabas el saludo y me mirabas; pero tu mirada era la de un desconocido cortés: aprobatoria, pero sin reconocimiento, ajena, terriblemente ajena. Una vez, me acuerdo aún, ese no reconocimiento, al que ya casi me había acostumbrado, me arrojó a un martirio abrasador: sentada en un palco de la ópera con un amigo, contigo en el palco vecino. Las luces se apagaron para la obertura y yo dejé de ver tu cara, solo oía tu respiración tan cerca a mi lado como aquella noche, y apoyaste la mano en el antepecho aterciopelado que separaba nuestros palcos, esa mano fina y delicada. E inmenso me inundó el deseo de inclinarme y besar sumisa aquella mano ajena, tan amada, cuyo abrazo cariñoso había sentido una vez. A mi alrededor flotaba excitada la música y mi deseo era cada vez más vehemente, tuve que contraerme, contenerme a la fuerza, tan fuerte tiraban mis labios hacia tu mano amada. Cuando acabó el primer acto, le pedí a mi amigo que nos fuésemos. No podía seguir soportando tenerte tan ajeno y tan cerca a mi lado en la oscuridad.

Pero llegó la hora, llegó de nuevo, una última vez en mi vida desperdiciada. Hace casi exactamente un año, el día de tu cumpleaños. Curioso: había estado pensando en ti todo el día, pues tu cumpleaños era para mí siempre una fiesta. Ya muy temprano por la mañana, había salido y había comprado las rosas blancas que iba a enviarte como todos los años en recuerdo de unos momentos que tú habías olvidado. Por la tarde, pronto, salí con mi hijo, lo llevé a la confitería Demel y por la noche al teatro, quería que también para él fuese ese día, sin saber por qué, un día de celebración mística desde su niñez. Al día siguiente estaba yo con mi amigo de entonces, un fabricante joven, rico, de Brno, con el que llevaba dos años viviendo, que me adoraba, me mimaba y quería, también, casarse conmigo, como los otros, y al que rechazaba de la misma forma, sin motivo aparente, como a los demás, aunque nos cubría de regalos a mí y al niño, y era incluso digno de ser amado en su bondad taciturna, casi servil. Fuimos juntos a un concierto, nos encontramos allí con una animada compañía, cenamos en un restaurante del Ring y allí, en medio de la risa y las charlas, propuse ir a bailar al Tabarin. Siempre encontré este tipo de locales, con su amenidad sistemática y alcohólica, como toda juerga, desagradables, y solía oponerme a ese tipo de propuestas; sin embargo, esta vez —fue como si un poder misteriosamente mágico en mí hiciese la propuesta sin yo quererlo en medio de la excitación alegre de los demás— tenía de pronto una inexplicable apetencia, como si allí me esperase algo especial. Habituados a complacerme, todos se levantaron aprisa y fuimos, bebimos champán y me inundó de repente una alegría feroz, casi dolorosa, como nunca he sentido. Bebía y bebía, me uní a las cursis canciones que cantaban los otros, y casi sentía la necesidad de bailar y celebrar a gritos. Pero, de pronto —fue como si se me hubiese posado súbitamente en el corazón algo que quemaba de frío o calor—, algo me desbarató: en la mesa de al lado estabas tú, sentado con unos amigos, y me mirabas con admiración y codicia, con esa mirada que me excitaba siempre. Por primera vez desde hacía diez años, me mirabas de nuevo con todo el poder inconscientemente apasionado de tu ser. Me estremecí. Casi se me resbaló de la mano la copa que sostenía en alto. Por suerte, mis compañeros de mesa no notaron mi desconcierto: se perdió en el estruendo de las risas y la música.

Cada vez me quemaba más tu mirada y me sumergía en el fuego. No sabía si me habías reconocido por fin, o si me deseabas de nuevo, como otra, como una desconocida. Me sonrojé, distraída contesté a mis compañeros de mesa: debiste de notar el desconcierto que me había producido tu mirada. Imperceptible para los demás, me hiciste un ademán para que saliese un momento a la antesala. Luego pagaste con ostentación, te despediste de tus amigos y saliste, no sin antes haber insinuado de nuevo que me esperarías fuera. Temblaba como en una helada, como febril, no podía siquiera contestar, ni dominar ya mi sangre alterada. Por casualidad, una pareja de negros comenzaba justo en ese momento un singular baile nuevo, con ruidosos tacones y resonantes voces: todos los miraron, y aproveché ese instante. Me levanté, le dije a mi amigo que volvía enseguida y te seguí.

Fuera, en la antesala, ante el guardarropa, estabas tú esperándome; tu mirada era alegre cuando me acerqué. Con una sonrisa te apresuraste hacia mí; vi enseguida que no me reconocías, no reconocías a la niña de antaño ni a la muchacha, una vez más te acercabas a mí como a alguien nuevo, una desconocida.

—¿Tendría usted quizás una hora también para mí? —preguntaste en un susurro.

Sentí en la seguridad de tus maneras que me tomabas por una de esas mujeres, por el comercio de una noche.

—Sí —te dije, el mismo sí tembloroso y, en cambio, evidentemente dispuesto que te había dado como muchacha, hacía más de una década, en una calle en penumbra.

—Y ¿cuándo podríamos vernos? —preguntaste.

—Cuando usted quiera —respondí yo: ante ti no tenía pudor.

Me miraste un poco asombrado, con el mismo asombro desconfiado y curioso de la primera vez, cuando te sorprendió igualmente la rapidez con que accedí.

—¿Puede ahora mismo? —preguntaste, un poco vacilante.

—Sí —dije—. Vamos.

Iba a ir al guardarropa a recoger mi abrigo.

Entonces caí en la cuenta de que tenía el recibo mi amigo, que había dejado nuestras cosas juntas. Volver a entrar y pedírselo habría sido imposible sin más motivo; por otro lado, no quería renunciar a una hora contigo, a quien extrañaba desde hacía años. Así que no lo dudé un instante: me eché solo el chal sobre el vestido de fiesta y salí así al relente de la noche, sin preocuparme por el abrigo, sin preocuparme por la persona buena y cariñosa con la que vivía hacía años y a la que humillaría ante sus amigos como el más ridículo de los tontos, como alguien a quien su amante abandona después de años al primer silbido de un hombre desconocido. Ah, era plenamente consciente de la bajeza, de la ingratitud, de la desvergüenza que cometía contra un amigo decente; sentía que hacía de él un payaso, que enfermaría de muerte para siempre, con mi obcecación, a una persona buena; sentía que rompía mi vida por la mitad, pero qué era para mí la amistad, qué era mi existencia frente a la impaciencia de sentir una vez más tus labios, de oír las dulces palabras que me dedicarías. Así es como te he amado, ahora puedo decírtelo, ahora que todo ha pasado y terminado. Y creo que, si me llamases de mi lecho de muerte, me volvería de pronto la fuerza para levantarme y acudir.

Había un coche a la entrada, fuimos a tu casa. Escuché de nuevo tu voz, sentí tu tierna cercanía y me quedé tan estupefacta, tan puerilmente confundida como la primera vez. Cómo subí, tras más de diez años, por primera vez, las escaleras... No, no, no soy capaz de describirte cómo lo sentí todo doblemente, el tiempo pasado y el presente, a cada segundo y, en todos y cada uno de ellos, solo tú. Tu cuarto no había cambiado mucho: un par de cuadros más, y más libros, aquí y allá algún mueble desconocido, pero en general me era todo familiar. Y sobre el escritorio estaba el jarrón con las rosas, con mis rosas, las que te había enviado el día de antes por tu cumpleaños como recuerdo de una mujer de la que tú no te acordabas, a la que no habías reconocido, ni siquiera entonces que estaba tan cerca de ti, con la mano en tu mano y los labios en los tuyos. Pero, aun así, me hizo bien que conservases las flores: así había al menos un hálito de mi ser, un aliento de mi amor, en tu entorno.

Me tomaste en tus brazos. De nuevo pasé contigo una noche soberbia. Pero tampoco en el amor desnudo me reconociste. Feliz sufrí tus sabias caricias y vi que tu pasión no era en nada distinta para una amante o para una vendida, que te dabas por completo al deseo, con la plenitud irreflexiva y disipada de tu ser. Eras conmigo, alguien a quien habías recogido en un local nocturno, igual de cariñoso y dulce, delicado y efusivo, atento y, no obstante, a la vez apasionado en el placer de la mujer; de nuevo sentí, vacilante por la antigua felicidad, esa dualidad única de tu ser, la pasión sabia, espiritual en lo sensual, que ya había hecho tuya a la niña. Nunca he conocido con otro hombre en el cariño tal entrega al momento, tal desprendimiento y reflejo del ser más profundo, que se descargaba, en realidad, en un olvido inmenso, casi inhumano. Pero también yo me olvidé de mí misma: ¿quién era yo, entonces, en la oscuridad junto a ti? ¿Era la niña apasionada de antaño? ¿Era la madre de tu hijo? ¿Era la desconocida? Ah, fue todo tan familiar, tan vivido, y todo a la vez tan tumultuosamente nuevo en esa noche de pasión... Y recé para que no terminase nunca.

Pero llegó la mañana, nos levantamos tarde, me invitaste a desayunar contigo. Bebimos juntos el té que una mano invisible nos había preparado discretamente en el comedor y charlamos. De nuevo me hablaste con la confianza totalmente abierta, efusiva, de tu ser, y de nuevo sin preguntas indiscretas, sin curiosidad por el ser que yo era. No preguntaste cómo me llamaba, ni dónde vivía: era de nuevo para ti nada más que una aventura sin nombre, un momento de placer que se disolvería en el humo del olvido sin dejar rastro. Me contaste que ahora querías viajar muy lejos, al norte de África, durante dos o tres meses; tuve un escalofrío en medio de mi felicidad, pues ya me latía en los oídos: ¡pasó!, ¡está pasado y olvidado! Habría preferido arrojarme a tus pies y gritar: "Llévame, llévame, para que por fin me reconozcas, por fin, por fin tras todos estos años". Pero fui tan apocada, tan cobarde, tan esclava, tan débil ante ti... Solo pude decir:

—¡Qué pena!

Me miraste sonriendo:

—¿De verdad te da pena?

Entonces me poseyó una especie de salvajismo. Me levanté, te miré largo y tendido. Y, entonces, te dije:

—El hombre al que amaba también se fue.

Te miré fijamente a los ojos serios.

"Ahora me reconocerá", temblaba, urgía todo en mí. Pero me sonreíste y dijiste a modo de consuelo:

—Uno acaba por volver.

—Sí —te contesté—. Uno acaba por volver, pero olvida.

Debió de haber algo extraño, apasionado, en la forma en que lo dije. Pues también tú te levantaste y me miraste, asombrado y muy cariñoso. Me agarraste de los hombros:

—Lo que es bueno no se olvida: a ti no te olvidaré —dijiste, y al hacerlo hundiste tus ojos en los míos, como si quisieras fijar en ellos la imagen.

Y cómo sentí esa mirada hundirse en mí, buscando, rastreando, todo mi ser absorbido por ella; por fin creí, por fin, haber roto el destierro de la ceguera. Me reconocerá, ¡me reconocerá! Toda mi alma temblaba ante el pensamiento.

Pero no me reconociste. No, no me reconociste, nunca fui para ti tan desconocida como en ese segundo, pues de lo contrario... De lo contrario, no podrías haber hecho nunca lo que hiciste unos instantes después. Me habías besado, una vez más, lleno de pasión. Tuve que atusarme el pelo que se había revuelto y, mientras estaba ante el espejo, miré por él —y creí desaparecer de vergüenza y horror— y vi... vi cómo, de manera discreta, metías un par de billetes grandes en mi manguito. Cómo conseguí no gritarte, no abofetearte en ese segundo... Me pagabas a mí, que te amaba desde la niñez, que era la madre de tu hijo, por esa noche. Para ti era una ramera del Tabarin, nada más: ¡me pagaste! ¡Me pagaste! No era suficiente olvidarme: también tenías que humillarme.

Palpé alrededor en busca de mis cosas. Quería irme, enseguida. Me dolía demasiado. Agarré mi sombrero, que estaba encima de tu escritorio, junto al jarrón con las rosas blancas, mis rosas. Entonces se apoderó de mí, de manera irresistible, la intención de que me recordaras.

—¿No me darías una de tus rosas blancas?

—Claro —dijiste, y tomaste una enseguida.

—Pero quizá sean de una mujer, de una mujer que te ama —te dije.

—Puede ser —contestaste—. No lo sé. No sé quién las envía; por eso me gustan tanto.

Te miré.

—Quizá sean de una mujer a la que has olvidado.

Me miraste sorprendido. Te devolví la mirada fijamente.

"¡Reconóceme! ¡Reconóceme por fin!", gritaba mi mirada. Pero tus ojos sonrieron amables e ignorantes. Me besaste otra vez. Pero no me reconociste.

Me dirigí a toda prisa a la puerta, pues me di cuenta de que las lágrimas me anegaban los ojos, y no debías verlo. En el vestíbulo —tan rápido había salido— casi tropecé con Johann, tu criado. Medroso y apresurado, se hizo a un lado, abrió la puerta de la casa para hacerme pasar y luego... En ese único, óyeme bien, en ese único segundo en que lo miré, con lágrimas en los ojos miré a aquel hombre envejecido, de pronto se le encendió una luz en la mirada. En ese único segundo, óyeme bien, en ese único segundo, me había reconocido aquel anciano que no había vuelto a verme desde mi niñez. Podría haberme hincado de rodillas ante él por ese reconocimiento y haberle besado las manos. Pero solo saqué los billetes que me habías deslizado en el manguito y se los puse en ellas. Dudó, me miró asustado... En ese instante, quizás él supuso más de mí de lo que tú en toda una vida. Todos, todos me han mimado, todos fueron buenos conmigo; solo tú, solo tú, tú me olvidaste, solo tú, tú eres el único que no me ha reconocido nunca.

Mi niño, nuestro niño, ha muerto... Ya no tengo a nadie en el mundo a quien querer, más que a ti. Pero ¿quién eres tú para mí? Tú que nunca, nunca me reconoces, que pasas por mi lado como por un arroyuelo, que pisas sobre mí como sobre una piedra, que avanzas y avanzas y me dejas atrás en una espera eterna. Una vez creí que te conservaría, a ti, al fugitivo, en el niño. Pero era tu niño: de la noche a la mañana se ha alejado de mí cruelmente para hacer un viaje, me ha olvidado y nunca volverá. Estoy de nuevo sola, más sola que nunca, no tengo nada, nada de ti: ni el niño, ni una palabra, ni una línea, ni un recuerdo en ti, y si alguien me nombrase en tu presencia, lo oirías y mi nombre te sería del todo desconocido. ¿Por qué no he de querer morir si estoy muerta para ti? ¿Por qué no irme si tú te me has ido? No, amor mío, no te reclamo nada, no quiero entrar con mis calamidades en tu vivaz casa. No temas que te siga asediando; perdóname, tenía que liberar mi alma al menos una vez en esta hora, en que mi niño yace ahí muerto y desamparado. Solo esta única vez tenía que hablarte, luego volveré de nuevo en silencio a mi oscuridad, como siempre he estado en silencio a tu lado. Pero tú no oirás estos gritos mientras yo viva: solo cuando haya muerto, recibirás este legado mío, de alguien que te ha amado más que a nada y a quien nunca has reconocido, de alguien que siempre te ha esperado y a quien tú nunca has llamado. Puede que, tal vez, me llames entonces, y yo te fallaré por primera vez, pues ya no te oiré desde mi muerte; no te dejo ningún retrato, como tú no me has dejado nada; nunca me reconocerás, nunca. Fue mi sino en la vida, lo será también en mi muerte. No quiero llamarte en mi última hora, me iré sin que tú conozcas ni mi nombre ni mi cara. Muero ligera porque tú no lo sientes en la distancia. Si te hiciese daño que yo muriera, no podría hacerlo.

No puedo seguir escribiendo..., tengo la cabeza embotada..., me duele el cuerpo, tengo fiebre..., creo que voy a tumbarme ahora mismo. Puede que esto pase pronto, puede que por una vez el sino me sea benévolo y que no tenga que ver siquiera cómo se llevan a mi niño... No puedo seguir escribiendo. Que tengas una buena vida, amor mío, que tengas una buena vida, y gracias... Estuvo bien lo que fue; pese a todo..., quiero darte las gracias hasta mi último aliento. Estoy bien: te lo he dicho todo, ahora sabes, no, solo intuyes, lo mucho que te he querido, y este amor no es una carga. No me echarás de menos: eso me consuela. Nada será distinto en tu vida calmada y hermosa... Mi muerte no es nada para ti: eso me consuela, tesoro mío.

Pero ¿quién...? ¿Quién te enviará ahora el día de tu cumpleaños las rosas blancas todos los años? Ah, el jarrón estará

vacío, el pequeño aliento, el pequeño hálito de mi vida que una vez al año flotaba en torno a ti, ¡también él se disipará! Amor mío, escucha, te pido... Esto es lo primero y lo último que te pido... Hazlo por mí, en cada uno de tus cumpleaños —es, al fin y al cabo, un día en que uno piensa en sí mismo— compra rosas y ponlas en el jarrón. Hazlo, amor mío, hazlo como otros encargan una misa al año por un ser querido ausente. Pero yo no creo ya en Dios y no quiero misas, solo creo en ti, solo te quiero a ti y solo quiero seguir viva en ti... Ah, solo un día al año, callandito, muy callandito, como he vivido junto a ti... Te lo ruego, amor mío, hazlo... Es lo primero y lo último que te pido... Gracias. Te quiero, te quiero... Que tengas una buena vida».

Dejó caer la carta de las manos temblorosas. Luego reflexionó un largo rato. Borroso surgió algún recuerdo de una niña vecina, de una muchacha, de una mujer en un local nocturno, pero un recuerdo confuso y poco nítido, como una piedra vibra y ondula en el fondo del agua corriente. Flotaban sombras adelante y atrás, pero no había una imagen. Sintió el recuerdo de las emociones y, sin embargo, no las recordó. Era como si hubiese solo soñado con todas esas formas, a menudo y profundamente, pero solo soñado.

Entonces su mirada recayó en el jarrón azul ante él sobre el escritorio. Estaba vacío, por primera vez vacío desde hacía años en su cumpleaños. Se estremeció: fue como si, de pronto, se abriese una puerta de par en par, y una corriente fría entró desde otro mundo en su calmosa habitación. Notó una muerte y un amor inmortal: algo se rompió en su interior, y pensó en la invisible, incorpórea y apasionadamente, como en una música lejana.

ALMA CLÁSICOS ILUSTRADOS

Alma Clásicos Ilustrados
reúne una selección de la mejor literatura
universal; desde Shakespeare a Poe,
de Jane Austen a Tolstoi o los hermanos Grimm,
esta colección ofrece clásicos para entretener
e iluminar a lectores de todas las edades e intereses.

Esperamos que estas magníficas
ediciones ilustradas te inspiren para recuperar
ese libro que siempre has querido leer,
releer ese clásico que te entusiasmó
o dar una nueva oportunidad a uno que quizás
no tanto. Libros cuidadosamente editados,
traducidos e ilustrados para disfrutar del placer
de la lectura con todos los sentidos.

www.editorialalma.com

 @almaeditorial

Títulos de la colección:

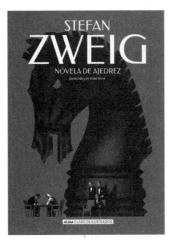